國家圖書館出版品預行編目 (CIP) 資料

好心的國王：兒童權利之父：柯札克的故
事/湯馬克.包格奇(Tomek Bogacki)文.圖；林
真美翻譯. -- 第二版. -- 臺北市：親子天下股
份有限公司, 2024.04
40面；24X29公分
譯自：The champion of children : the story of
Janusz Korczak
ISBN 978-626-305-741-8(精裝)

882.1599   113002350

獻給所有的小孩──── T. B.

「我的一生艱難，卻很耐人尋味。那正是我年輕時，向上蒼所祈求的人生。
我對神說：神，請給我一個充滿試煉的人生，但請讓我的人生因此變得
美麗、豐富、高貴。」────雅努什‧柯札克，出自《猶太區日記》(*Ghetto Diary*)

人物圖書館
好心的國王
兒童權利之父 ─── 柯札克的故事
文圖｜湯馬克‧包格奇　策劃翻譯｜林真美
責任編輯｜謝宗穎　美術設計｜陳珮甄　行銷企劃｜張家綺

天下雜誌創辦人｜殷允芃　董事長兼執行長｜何琦瑜
媒體暨產品事業群
總經理｜游玉雪　副總經理｜林彥傑　總編輯｜林欣靜
行銷總監｜林育菁　副總監｜蔡忠琦　版權主任｜何晨瑋、黃微真

出版者｜親子天下股份有限公司　地址｜台北市 104 建國北路一段 96 號 4 樓　電話｜（02）2509-2800　傳真｜（02）2509-2462
網址｜ www.parenting.com.tw　讀者服務專線｜（02）2662-0332　週一～週五：09:00~17:30
傳真｜（02）2662-6048　客服信箱｜ parenting@cw.com.tw　法律顧問｜台英國際商務法律事務所‧羅明通律師
製版印刷｜中原造像股份有限公司　總經銷｜大和圖書有限公司　電話｜（02）8990-25882
出版日期｜ 2012 年 11 月第一版第一次印行　2024 年 4 月第二版第一次印行
定價｜ 350 元　書號｜ BKKTA048P　ISBN｜ 978-626-305-741-8（精裝）

──────── 訂購服務 ────────
親子天下 Shopping ｜ shopping.parenting.com.tw　海外‧大量訂購｜ parenting@cw.com.tw
書香花園｜台北市建國北路二段 6 巷 11 號　電話（02）2506-1635　劃撥帳號｜ 50331356 親子天下股份有限公司

兒童權利之父——柯札克的故事

好心的國王

文圖 湯馬克・包格奇　策劃翻譯 林真美

在西元 1889 年的一個雨天，有個男孩在波蘭首都華沙的一條老街迷路了。在他眼前的那些人，看起來又窮又餓。無家可歸的孩子們，穿著破破爛爛的衣服。男孩真希望自己可以幫助他們。

如果他是國王——他開始想像自己騎著一匹白馬——他一定要為這些孩子創造一個更美好的國度，在那裡，沒有人會再受苦。

這本書講的是雅努什·柯札克（Janusz Korczak）的故事。他是一位奉獻自己生命給孩童的人，是一位了不起的人物。

　　雅努什·柯札克在 1878 年生於華沙。他的本名是亨里克·高德密特（Henryk Goldszmit），但現在大家都用他的筆名雅努什·柯札克稱呼他。

　　柯札克的家在華沙皇家城堡附近。他的家境富裕，從小就備受家人的疼愛與呵護。他喜歡一個人玩，常常用積木建造出他理想中的王國，在那裡，只要有小孩受到不公平的對待，他一定會挺身捍衛。

　　不過，看到兒子每天沉迷於想像世界，爸爸媽媽不免有幾分擔心。

只有奶奶完全理解男孩。柯札克把改變世界的夢想告訴奶奶。他說他要把自己的錢全都拿出來，就算不被允許跟那些又窮又餓的孩子玩，也要幫助他們遠離貧窮和飢餓。

奶奶覺得她的孫子是一名「哲學家」。

5 歲那一年，柯札克才曉得自己其實是飽受歧視的猶太人。他會意識到這一點，是因為柯札克和妹妹養的金絲雀死了，他們想要將金絲雀埋在庭院的樹下。

柯札克想要像天主教的儀式一樣，在小鳥的墳上立一個十字架——這麼一來，金絲雀就能上天堂了。可是，家裡的傭人告訴他，小鳥的生命卑微，是不可以放十字架的。門房的兒子也對他說，猶太人養的金絲雀，無論如何都不可能上天堂。男孩聽了，震撼極了。

　　小柯札克和保母、妹妹到薩克森公園玩，他喜歡在那裡餵麻雀，也喜歡跟聚在那裡的男士們聊天。

柯札克和爸爸沿著河堤散步時，他看到有人為了生活，付出苦力。

他們走過華沙的老街，那裡住著最貧窮的人們，
柯札克第一次看到窮小孩的艱難處境。

對柯札克而言，上學的日子也不好過。
因為當時的華沙被俄國人佔領，在學校一定要講俄語。

　　孩子們也沒有被好好對待，只要犯一點點錯，他們就會受到嚴厲
處罰，甚至挨打。沒有人質疑這樣的對待。
　　只有柯札克在心裡想：這是不對的。

柯札克 11 歲那年，人生起了很大的變化。他深愛的父親得了重病，無法工作。七年後，父親過世了。柯札克為了支撐家計，去當家庭教師。看著家人為生活所苦，柯札克更下定決心要幫助那些比他窮苦的孩子。他為華沙老街的孩子們帶來食物，也帶給他們許多希望。他試圖改善孩子們的生活，這個信念一直不曾改變。

上大學之前，柯札克已經清楚知道他的未來要奉獻給小孩，所以，他進了醫學院。

可是，他的學業因為當時統治波蘭的俄國正和日本開戰，而被迫中斷。柯札克的一生共經歷過三次戰爭，他在日俄戰爭中，首次以軍醫的身分被派到戰地。他不僅照顧傷兵，也救治被戰爭波及的孩子。因為親眼目睹，他體認到真實的戰爭和他小時候所玩的戰爭遊戲，完完全全不一樣。

戰爭結束以後，柯札克白天到專收猶太小孩的醫院工作，晚上則免費為窮人家的小孩治病。

　　深夜回到家，他用筆名雅努什·柯札克撰寫文章。在他所寫的評論和書籍裡，他提出許多對教育及孤兒院的想法。30歲出頭，他已經成為知名的小兒科醫生、作家，以及兒童權利的倡議者。

　　這時，孤兒救援協會正計畫要蓋一間收容猶太裔兒童的孤兒院，他們邀請柯札克擔任院長，柯札克很快就答應了。對他而言，沒有什麼比改善兒童的生活更重要。他想讓孩子們過更好的生活，為此，他放棄醫生職務，開始籌設孤兒院。

　　為了創造一個讓孩子們能快樂長大的地方，他走訪巴黎、柏林、倫敦，好了解更多跟孤兒院有關的事。他也和建築師緊密合作，一起設計出他心目中的孤兒院設施。

西元 1912 年，「孤兒之家」在華沙的柯洛夫馬納街 92 號落成。柯札克和他的工作夥伴絲緹法·威爾欽斯卡（Stefania Wilczynska）女士一起張開雙臂，迎接孩子們的到來。

1

柯札克依照他的想法，讓孩子們自己管理自己。他們選出議員，再由議會訂定大家必須遵守的規則，這些規則是所有人都要遵守的，就連柯札克和他的工作夥伴也不例外。

2

兒童法庭同樣由孩子們運作，由法庭決定不守規則的人要如何受處罰。不過，法庭的最高原則是寬恕，柯札克告訴孩子們，有時犯錯也是一種學習，讓我們避免重蹈覆轍。

3

他們每個星期會發行一份報紙。所有院童、老師、院童的朋友，以及柯札克都可以投稿。星期六吃過早餐，柯札克會和孩子們聚在一起討論這個星期發生的事，和其他值得探討的問題。

4

只要有新的小孩進來孤兒院，前三個月都會有一個年紀較大的院童陪在身邊，像父母那樣負責照顧新的孩子。有一天，這個新來的孩子也會變成要去照顧新進孩童的人。柯札克認為，這樣可以建造出一個真正的大家庭。在這裡，孩子們學會看重自己，並且在耳濡目染中學到愛和尊重。

每個星期，孩子們都要量體重，接受身體檢查，檢查完了就去洗澡。
這對不少新來的孩子來說，都是不曾有過的經驗。

　　大家最期待的時刻是星期五晚上。為了迎接猶太安息日，所有孩子
都集合到寬敞的餐廳，吃完豐盛的晚餐後再一起玩遊戲、看書和寫功課。

　　到了上床時間，孩子們在排滿床位的寢室，聽柯札克講各種故事給他們聽，像是《穿長靴的貓》——讓孩子們理解到人生充滿不可預期的事，而且沒有什麼事是不可能的。

　　要經營一家孤兒院很不容易，儘管如此，柯札克還是盡可能騰出時間和孩子相處。他教孩子有用的生活技能，像是針線和木工，而他也喜歡和孩子們一起說笑、玩遊戲。

每年夏天，全孤兒院都會到鄉間度假。孩子們不只自己種植野菜，也會游泳、運動，到森林踏青。柯札克認為，休閒活動跟教育活動一樣重要，是孩子身心發展不可缺少的要素。

　　座落在柯洛夫馬納街的孤兒院漸漸有了口碑，於是，在瑪莉娜·法斯卡（Maryna Falska）的邀約下，柯札克又與她共同策劃了一家新的孤兒院。這家孤兒院照顧的是波蘭勞動階級的小孩，柯札克沿用之前的方式，讓孩子們自治。孤兒院的外觀看起來像一架飛機，柯札克將它取名為「我們的家」。

　　這時，柯札克辦了一份叫《小評論》的報紙，這份報紙廣邀全波蘭的兒童投稿，並由孩子們親手完成。另外，他還擔任廣播節目的主持人，專門回應小孩日常遇到的各種疑難雜症。例如，他曾經在節目中建議小孩：「如果爸爸媽媽正要打你的屁股，請告訴他們再等半小時，通常，他們就會因此改變主意。」

到了半夜，等孩子們全都睡了，柯札克就會爬到位在閣樓的房間，在書桌前振筆疾書。他為孩子寫書，也為孩子身邊的大人寫書。柯札克最著名的童話《麥堤國王》就是在這間閣樓完成的。

孤兒院外的局勢，一天比一天動盪。1939年，德國入侵波蘭，第二次世界大戰爆發。在砲聲隆隆中，柯札克還是繼續到電臺主持節目，他用他的聲音為所有成人和孩子加油打氣。

不久，納粹就在華沙街上的某些地區築起了高牆，並將所有猶太人關在裡面。柯札克和他的孩子們也被迫離開他們位在柯洛夫馬納街的溫暖家園，一起進入猶太區。

上千名的猶太人進了猶太區，被隔離在磚牆之內，他們再也看不到華沙的街道。

納粹規定每一個猶太人都必須在手臂上別一個藍色的星星標誌。但是，柯札克不惜冒著被逮捕的風險，拒絕佩戴這個充滿歧視的標誌。

　　在猶太區窄迫的孤兒院裡，柯札克盡可能讓孩子們過
著跟以前一樣的生活，但是物質條件明顯不足。

　　這裡的孩子幾乎比以前多了一倍，大家全都擠在同一
個空間，一邊擺滿了床鋪，一邊則是吃飯的地方。

　　雖然艱苦，柯札克還是盡可能用心呵護每個孩子。有時，他會安排音樂會或戲劇表演，讓他們得以享受一點快樂時光。柯札克放了一張床和書桌在房子正中央，這麼一來，他就可以照顧到每一個在睡夢中的孩子。柯札克在這裡寫下《猶太區日記》這本書，為這段歷史做見證。

　　柯札克還是每個星
期都幫孩子量體重、做
身體檢查。但隨著糧食
不足，孩子們一天比一
天瘦弱。

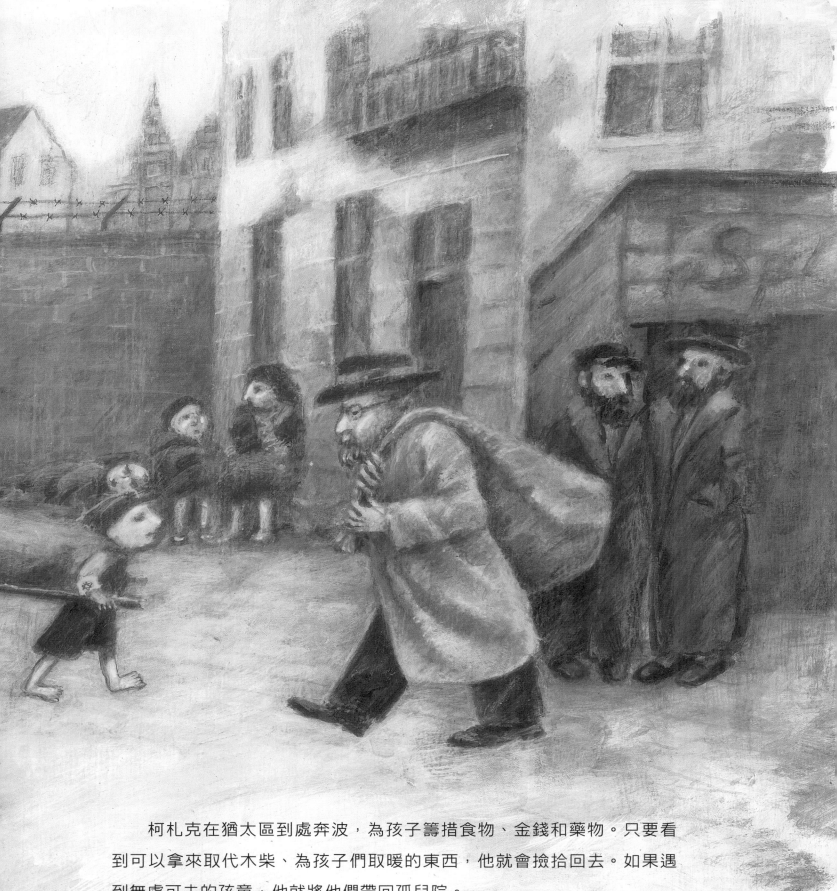

　　柯札克在猶太區到處奔波，為孩子籌措食物、金錢和藥物。只要看到可以拿來取代木柴、為孩子們取暖的東西，他就會撿拾回去。如果遇到無處可去的孩童，他就將他們帶回孤兒院。

　　有好多朋友想盡辦法要將柯札克救出猶太區，可是，柯札克拒絕了，他說他不能離開那些孩子。

　　兩年後，納粹開始將猶太人從猶太區送到集中營。

　　1942 年 8 月 6 日，一道命令下來，要柯札克帶孩子們到火車站集合。孩子們排成一列，靜靜跟著柯札克走出猶太區。

　　目睹這一刻的人都說，孩子們看起來既肅穆又安靜，人們很難理解，為什麼孩子們的隊伍可以表現得那麼平和？似乎只要有柯札克的陪伴，孩子們就很安定。

因為納粹的種族滅絕計畫，柯札克和孩子們在華沙東北邊 80 公里處的崔賓卡失去生命。雖然柯札克死了，但他為了捍衛兒童而奉獻一生的精神，卻永遠留存。儘管他無法拯救他身邊的孤兒免除大屠殺的恐懼，但他堅信孩子有被愛、受教育和受保護的權利，這份信念至今仍然鼓舞著世人。

　　為了向柯札克致敬，聯合國將西元 1979 年訂為「國際兒童年」。

西元 1989 年，聯合國大會發表「兒童權利公約」，公約內容深受柯札克啟發。

後記

　　雅努什‧柯札克在他最為人知的兒童文學作品《麥堤國王》(King Matt the First)中的前言寫道,當他還是個小男孩時,他就期盼自己可以像麥堤國王那樣,扮演改革者的角色,努力奮鬥,為孩子們開創一個美好的世界,並捍衛他們的權利。

　　我在冷戰時期於波蘭出生,9歲時,從奶奶口中第一次聽到這個偉大人物的故事。雖然那時第二次世界大戰已經結束14年了,那段歷史還是不時浮現在波蘭人的腦海。而我也常常覺得,對我們來說,時間並沒有真正的過去。

　　我的爺爺和柯札克同年。就跟柯札克一樣,他在學校也要說俄語。他同樣當了醫生,並在兩次世界大戰都被徵召入伍。

　　奶奶告訴我柯札克的故事後,我便去讀《麥堤國王》,並開始思索兒童權利和人權的問題。在共產國家,權利和特權只屬於共產黨員。閱讀《麥提國王》讓我理解柯札克在帝俄獨裁統治下的生活,以及他為什麼會決心要幫助兒童、賦與兒童更多權利。之後,我讀遍我能找到的、跟柯札克有關的資料。

歷史背景

　　在雅努什‧柯札克出生的1878年,我們目前所知道的波蘭分別被奧匈帝國、俄羅斯和德意志帝國佔領,領土當中只有一小部分曾經屬於波蘭王國(地圖中的粉紅色部分),包括首都華沙在內,當時都被俄國併吞。在被鄰國佔領了一百多年之後,波蘭於1918年獨立,直到1939年又被德國佔領。

　　獨立後的波蘭在第一次世界大戰跟第二次世界大戰期間與鄰國的關係,此外,這也是十九世紀末被瓜分下的波蘭地圖。

波羅的海

德意志
帝國

華沙

俄羅斯 ——波蘭王國

奧匈帝國

感 謝 辭

　　首先，我要感謝法蘭西絲・福斯特 (Frances Foster)，她是個極具耐心和創造力的編輯。沒有她的堅定相挺，這本書不可能出版。

　　這本書的主要資料來源是柯札克在生命的最後幾個月所寫的名著：《猶太區日記》(*Ghetto Diary*)。

　　另一個重要的一手資料是來自伊格・紐爾力 (Igor Newerly) 的文字，他是一名波蘭的小說家，也是柯札克的祕書。他以優美文字寫成的《8 月 5 日在果樹園的一場對話》(*Rozmowa w sadzie piatego sierphia: O chlopcu z bardzo starej fotografii*)，於 1978 年出版。

　　我很高興能夠訪問伊格・紐爾力的兒子亞羅斯・布拉莫・紐爾力 (Jaroslaw Abramow-Newerly)，他和柯札克有私人情誼，且毫不吝嗇與我分享他的許多回憶。也要感謝華沙柯札克中心 (Korczakianum) 的瑪塔・琪絲卡 (Marta Ciesielska) 提供許多跟柯札克生平有關的訊息和資料。

　　一本又一本關於柯札克的波蘭文著作，對我也非常重要。像是：貝蒂・尚利夫頓 (Betty Jean Lifton) 寫的柯札克傳記《孩子王：柯札克的生與死》(*The King of Children: The Life and Death of Janusz Korczak*)，內容精采豐富。另外，還有安德烈・華依達 (Andrzej Wajda) 在 1990 年推出的波蘭電影《柯札克》(*Korczak*)。

　　在我畫插畫時，有好多東西都給了我靈感。關於柯札克童年的畫面，受到畫家亞歷山大 (Aleksander Gierymski) 的啟發，他在 Sanders 畫中呈現的年代正好是柯札克出生的年代。義大利風景畫家貝納多・貝洛托 (Bernardo Bellotto) 筆下的華沙也是很好的參考。我看過許多柯札克的生活照，有他走在華沙老城街道上的照片，也有他在柯洛夫馬納街（現在的 Jaktorowska Street）的孤兒院的照片。這家孤兒院目前還在，而且為了紀念柯札克，已經改名為雅努什・柯札克。他的雕像就豎立在這棟建築的正前方。

——波蘭首都華沙，第二次世界大戰後。